AF595219

LA MÉCHANTE FEMME.

Die bese weiber-bruet kan man noch wohl zerstehren.

[Par Louis Coquelet, mort à Paris le 26. mars 1754 agé de 78 ans.]

(m'a été doné par M. l'abbé d'Hébrail auteur de la France litteraire &c. le 13. Xbre 1766.)

A PARIS,

Chez JACQUES LANGLOIS, Libraire-Juré de l'Université, sur le Quay des Augustins, à la descente du Pont-Neuf, aux Armes d'Angleterre.

MDCCXXVIII.

AVEC PERMISSION.

Titre d'un ouvrage que l'auteur n'a pas connu, et que M. Baron ancien doien de la faculté de medecine de Paris, m'a communiqué le 13. Xbre 1766.

„La Peau de beuf, ou remede
„universel pour faire d'une bonne
„femme d'une mauvaise: Come-
„die, dediée aux maris interessez,
„divisée en deux parties, dont
„la premiere represente la femme
„dans toute sa mechanceté et mai-
„tresse de la maison. Et la seconde
„le mari, par un juste retour, plei-
„nement vangé, et maître absolu
„de sa femme. A Valenciennes,
„chez Gabriel François Henri, impri-
„meur du roi. 1710. in 12. 123.
pages. Y compris l'argument et le nom des personnages (il y en a 54.) la description des balles et des decorations 9. pages.

La 1re partie est de 3 actes et va jusqu'à la page 58. La 2e en a 6.

„La Scene est à Kruspack ville
„capitale du duché de ce nom, et
„aux environs.„

Les 2 principaux personnages de ces farces allemandes sont Madlle Adel-Heid de Drachen Schlund (1re fille d'honneur de la duchesse de Kruspack), mauvaise femme, et le vieux Écuier Hippe, fait baron de Wetterhausen et grand bailli d'Ebennau, veuf, et remarié à Mlle Adelheid.

LA MÉCHANTE FEMME.

L'HOMME est en vérité, cela soit dit sans le fâcher, le plus sot animal qu'il y ait dans le monde. Bercé dès son enfance de mille chimeres, & élevé dans toutes sortes de préjugez, il se forge à tout moment je ne sçai combien de craintes qui n'ont aucun fondement, & porte de presque toutes les choses des jugemens ridicules & impertinens : il loue avec excès, & érige en Roy des animaux le lion, qui est une bête feroce, & propre seulement à le déchirer, & à le mettre en pieces ; & il maltraite de paroles & d'effet un âne, qui est le plus utile & le plus patient des animaux. Entretenu qu'il a été dès sa plus tendre jeunesse par ses Nourrices ou ses

Gouvernantes de cent contes absurdes d'Esprits & de Sorciers, souvent il prend pendant la nuit un chat pour un homme de l'autre monde, & pendant le jour le moindre Faiseur de tours de passe-passe pour un grand Magicien. Quelqu'un par hasard renverse-t-il sur une table une saliere, & le sel en est-il répandu? Oh! cela présage quelque malheur, s'écrie-t-on alors ridiculement. Se trouve-t-on treize personnes à dîner ou à souper à une même table? Il faut absolument, dit aussi-tôt fort sottement quelqu'un de la compagnie, qu'un des treize meure dans l'année. On aimeroit mieux garder éternellement le celibat, que de se marier un Vendredy, comme s'il y avoit des jours plus malheureux les uns que les autres, & que le Vendredy au contraire ne dût point passer pour le jour le plus heureux de la semaine, puisqu'à pareil jour l'homme fut créé, & que ce fut un Vendredy que s'accomplit le grand œuvre de notre rédemption, & commença le salut des hommes. Nous voyons que tantôt il pleut, tantôt il fait beau tems; que tantôt il fait froid, tantôt il fait chaud; les bornes resserrées de notre petit genie ne nous permettent pas de voir ce qui peut être la véritable cause de tous ces changemens de tems, qui sont quelquefois si promts & si divers ; il faut nous en prendre à la lune : c'est la lune, à entendre un tas d'ignorans, qui nous envoye la pluye, la grêle, la neige, le froid, le chaud, les vents & les tempêtes : suivant qu'elle est pleine ou nouvelle, elle nous envoye de bonnes ou de malignes influences ; comme si un corps dur & opaque qui roule à je ne sçai combien de mille lieuës de notre terre, pouvoit à une si grande distance y produire des effets si sensibles ; comme si la lune n'étoit pas la même dans tous les tems, & que d'être éclairée différemment à notre égard par les rayons du soleil, cela pût produire tous les changemens bizarres & extraordinaires que nous voyons arriver si souvent dans les diverses saisons de l'année. On a entendu dire dans sa jeunesse qu'il vaudroit mieux habiter dans un désert avec les serpens & les dragons, qu'avec une méchante Femme, & insensiblement on se fait une si affreuse idée de ce qu'on appelle une méchante Femme, que non-seulement cela fait pitié, mais il est encore certain que cette sotte opinion nuit entierement à la société & au commerce de la vie. La plûpart des hommes idolatres des préjugez de leur enfance, & qui ſont naturellement portez à juger défavorablement du beau Sexe, apprehendent d'abord, s'ils ſe marient, de rencontrer cette méchante Femme dont on leur a fait une ſi vilaine peinture ; cette crainte déraiſonnable leur donne de l'averſion, pour ne pas dire de l'horreur pour le mariage, & les retient ſouvent dans un celibat libertin & déreglé, qui eſt la choſe du monde la plus préjudiciable à la ſociété civile, comme perſonne n'en ſçauroit diſconvenir.

Le malheur eſt que cette fatale & injuſte prévention eſt fortifiée de plus en plus par la lecture d'un tas d'Auteurs tant en proſe qu'en vers, qui dans tous les ſiecles ont cherché à s'égayer ſur le chapitre des Femmes, ſujet ſi riant à l'amour propre de l'homme toujours charmé d'entendre dire du mal de ce qui dans le fond vaut mieux que lui. La multitude ignorante qui s'arrête toujours à l'écorce, ſans rien approfondir, n'a garde d'entrer dans le badinage d'un bel Eſprit, & prend pour des véritez inconteſtables les traits piquans & hardis de quelques Auteurs ſpirituels & malins. Celui-ci * vous dit qu'il n'y a pas de Femme ſi

* *La Bruyere.*

parfaite qu'elle ſoit, qui ne faſſe au moins une fois le jour repentir un homme d'avoir une Femme, ou trouver heureux celui qui n'en a point. Voulez-vous connoître une Femme, dit celui-là? * Figurez-vous un joli petit monſtre qui plaît & qui rebute, qui charme les ſens & choque la raiſon, qui gronde & flate, qui rit & pleure en même-tems; mettez enſemble la tête d'une linotte, la langue d'un ſerpent, les yeux du baſilic, l'humeur d'une chatte, les inclinations nocturnes d'un hibou; joignez-y le brillant du ſoleil, & les inégalitez de la lune; enveloppez tout cela d'une peau bien blanche; ajoutez-y des bras, des jambes, des cuiſſes, &c. Voilà, dit ce mauvais Plaiſant, une Femme toute complette. Un fameux Satyrique (1) dans un Ouvrage aſſez plat, fait exprès pour dénigrer ce Sexe charmant, vient effrontément nous aſſûrer par un ſans doute, qu'il n'y a que trois Femmes ſages dans Paris. Un autre encore plus mordant (2) a dit pour aiguiſer la fin d'un Sonnet, que la premiere des Femmes aima mieux prêter l'oreille aux fleurettes du diable, que d'être femme, & ne pas coqueter.

* *Theatre Italien.*

(1) *Voyez à la fin.*

L'un dit (3) que pour une fois que les Femmes nous font naître, elles nous font mille fois mourir; l'autre (4), que l'enfer n'a pas besoin pour nous tourmenter, d'autres démons que les Femmes: un autre (5), que le plus grand des malheurs de Job, fut d'avoir une mauvaise Femme. Palaprat, (6) Maucroix, (7) Saint-Gelais, (8) Moliere; (9) enfin presque tous les Poëtes ont donné la torture à leur imagination pour trouver des pensées neuves & malignes qui décriassent les Femmes, & pour nous dégoûter, autant qu'il étoit en eux, de celles que nous devons regarder comme d'autres nous-mêmes, & comme les fidelles & inséparables compagnes de tous nos biens & de tous nos plaisirs.

Il me seroit facile de démontrer que tout ce qui a jamais été dit de désavantageux contre le beau Sexe, est aussi faux qu'il est outré; & de faire voir que le nombre des méchantes Femmes n'est rien, pour ainsi dire, en comparaison du nombre des méchans hommes: il me seroit aisé de retorquer avec avantage contre ceux-ci tous les traits malins qui ont été lancez contre celles-là; mais je réserve à le faire dans une autre occasion:

je me borne ſeulement aujourd'hui à prouver que ce qu'on appelle une méchante Femme, n'eſt pas un ſi grand mal que l'on s'imagine ; que bien loin même que ce ſoit un malheur pour un homme d'avoir une méchante Femme, c'eſt peut-être au contraire le préſent le plus précieux que le Ciel lui puiſſe faire, & qu'il n'y a point d'homme qui ne doive faire des vœux & des prieres pour mériter de poſséder un bien ſi ſalutaire. Des eſprits bornez & ſuperficiels trouveront peut-être d'abord cette propoſition fort étrange : mais pour la juſtifier, & les détromper en même-tems, ſi cela ſe peut, des vaines erreurs où ils ſont ſur le ſujet des Femmes méchantes, commençons par donner une définition juſte de ce qu'on appelle parmi nous une méchante Femme.

Nous entendons ordinairement par méchante Femme, une Femme emportée, & d'un eſprit acariâtre, un dragon de vertu, une honnête diableſſe, qui gronde & tempête depuis le matin juſqu'au ſoir, qui bat tous les jours ſes domeſtiques & ſes enfans, qui querelle à tout moment ſes voiſins, qui tient la bride courte à ſon mari, qui ne lui paſſe rien, qui le prêche à table, qui le damne au lit, qui même dans l'occaſion lui jette un chandelier à la tête, ou le regale à bons coups de pincettes. Voilà la plus juste définition à mon sens de ce qu'on nomme à Paris une mauvaise Femme.

Je vais bien-tôt vous faire convenir qu'une pareille Femme est un trésor pour un mari, & qu'on ne sçauroit trop lui souhaiter une épouse telle que je viens de la dépeindre. Personne, je pense, ne sçauroit me contester qu'on ne doive souhaiter à un homme tout ce qui peut servir à lui ôter les défauts qu'il a, & à lui donner les vertus qu'il n'a pas; tout ce qui peut en un mot contribuer le plus à le perfectionner. Or je soutiens qu'une méchante Femme est pour cet effet tout ce qu'il y a de plus propre & de plus merveilleux.

Qu'un homme soit rempli de défauts, qu'il ait tous les vices imaginables, bien-tôt s'il a une méchante Femme, il s'en verra heureusement délivré; bien-tôt cette méchante Femme sçaura changer sa folie en sagesse, ses défauts en perfections, & ses vices en vertus. Il n'y a pas d'homme par exemple, quelque orgüeilleux qu'il soit, qui ne devienne enfin humble & modeste à force de s'entendre dire tous les jours en face par une méchante Femme tous ses défauts l'un aprés l'autre, dont la plûpart du tems il ne sçauroit disconvenir. Il n'y a point d'avare qui ne devienne libéral, obligé qu'il est d'acheter force habits & bijoux, pour en faire présent à une méchante Femme, & de lui donner tout l'argent qu'elle demande, dans l'espérance d'adoucir sa mauvaise humeur, & de se procurer la paix & la tranquillité. Si un homme est gourmand, une méchante Femme le forcera bien-tôt de devenir sobre malgré qu'il en ait ; car comme elle choisit ordinairement le tems des repas pour gronder & faire carillon, un homme aime mieux quitter la table à demi rassasié, que d'y entendre sans cesse des criailleries & des reproches, qui lui rendent amers jusqu'aux meilleurs morceaux qu'il y mange. Si un homme est de sa nature porté à la colere, il n'a garde de faire paroître cette passion avec une méchante Femme ; il affecte au contraire beaucoup de douceur, afin de l'exciter, s'il se peut, par son exemple, à modérer les saillies de son tempérament bilieux ; & par-là il s'accoutume lui-même à devenir tranquille & modéré.

Qu'on ne me vienne pas objecter que les menaces ou les coups de bâton seroient une recette plus sûre pour calmer la bile échauffée d'une furieuse & d'une enragée : car outre que les voies de fait à l'égard d'une Femme sont toujours indignes d'un honnête homme, & que rien n'est plus miserable, c'est que l'expérience a fait connoître que les menaces & les coups ne faisoient qu'aigrir la mauvaise humeur d'une Femme emportée, & qu'il n'y a pas de moyen plus efficace pour la ramener à la raison, que la patience & la douceur.

Mais non-seulement une méchante Femme guérit un homme de l'orgüeil, de l'avarice, de la gourmandise & de la colere ; mais s'il est fou & étourdi, elle le rend sage, circonspect & prudent. Pour ne pas donner de prise sur lui à une méchante Femme, qui ne lui fait aucun quartier sur les défauts qu'il laisse voir, pour lui ôter toute occasion de crier, il s'étudie à peser toutes ses paroles, à prendre garde à toutes ses actions, pour ne rien dire & ne rien faire qui ne soit juste & raisonnable ; il a une attention extrême à ne se laisser voir que du bon côté ; il est même de son intérêt de travailler serieusement par rapport à son repos, à déraciner jusqu'à ses moindres défauts ; & la forte envie qu'il a de se mettre à couvert des déclamations continuelles d'une méchante Femme, lui rend tout facile pour en venir à bout.

Une méchante Femme empêche un homme d'être coureur & débauché, parce qu'étant certain que tout ira de travers en sa maison, par la mauvaise humeur d'une méchante Femme, s'il n'y demeure pas ; cette considération le rend sedentaire malgré qu'il en ait, & l'empêche par consequent de courir les spectacles, les cabarets, les brelans, les lieux de débauche, où il ruineroit infailliblement sa santé, & dépenseroit son argent.

Ne croyez pas pourtant que cet homme demeure chez lui à ne rien faire : s'il y étoit oisif & endormi, une méchante Femme sçauroit bien-tôt le réveiller & le guérir du péché de paresse. Elle l'empêche même aussi d'être un bavard & un médisant ; car criant & grondant sans cesse, elle lui donne à peine le tems de proferer seulement quatre paroles en toute une journée.

Mais le principal avantage qui revient à un homme d'avoir une méchante Femme, c'est qu'elle l'exerce à la patience, cette vertu héroïque & si necessaire en ce monde, dans quelque condition que l'on se trouve. C'est avec une méchante Femme qu'un homme parvient en peu de tems au plus haut dégré de cette vertu; & qu'il acquiert enfin la constance dont on a besoin en tant d'occasions; & l'on peut assurer qu'un homme accoutumé à vivre avec une méchante Femme, peut aller hardiment chez les Nations les plus barbares, qu'il peut habiter sous un même toit avec les Iroquois & les Topinambous, qu'il ne craint plus ni le tonnerre ni la tempête, & qu'il est en état d'aller affronter les ours & les pantheres.

Socrate étoit si persuadé de ces véritez, qu'il avoüoit sans façon à tout le monde que c'étoit Xantippe sa femme, la plus méchante qu'on vit jamais, qui l'avoit gueri de plusieurs vices ausquels il reconnoissoit de bonne-foy qu'il étoit naturellement enclin, & qui l'avoit accoutumé à la pratique de mille vertus, qu'il n'auroit jamais eu sans elle, disoit-il; & s'il fut déclaré l'homme le plus sage de la Grece par l'Oracle d'Apollon, il en eut l'obligation à sa méchante Femme.

C'est quelque chose d'admirable de voir dans ce qui nous reste de la vie de ce grand Homme, avec quelle patience il supportoit l'humeur acariatre de cette méchante diablesse. Un jour après lui avoir dit bien des injures, elle lui jetta un pot d'eau sale sur la tête : Je sçavois bien, dit Socrate sans s'émouvoir, qu'après le tonnerre viendroit la pluye. Une autre fois Alcibiade étant chez lui, & ne pouvant souffrir les criailleries continuelles de cette Femme, Socrate lui dit : J'y suis accoutumé comme au bruit des poules : Mais toi, ajouta-t-il en parlant à Alcibiade, ne t'accoutume-tu pas au bruit des oyes ? Oüi, lui répondit Alcibiade, parce qu'elles me font des œufs : Et Xantippe, répliqua Socrate, me fait des enfans.

Cette même Femme ayant un jour renversé la table devant Euthidemus qu'il avoit prié à souper, & celui-ci se levant tout fâché pour s'en aller, Socrate lui dit : Eh quoi ! ne te souviens-tu pas qu'avant hier dînant chez toi, une poule sautant sur la table, nous en fit autant ? Cependant nous ne nous en mîmes pas en colere. Ses amis s'offensant de ce qu'elle ne lui rendoit pas le salut quand il la saluoit : Pourquoi me fâcherois-je, dit-il, de ce que Xantippe n'est pas si civile que moi ? Ces mêmes amis fâchez de voir ce grand Homme sans cesse exposé aux caprices & aux insultes d'une si méchante Femme, le conjuroient enfin de l'abandonner. Je n'ai garde de le faire, répondit Socrate, je lui ai trop d'obligation ; sa mauvaise humeur, ajoutoit-il, m'ayant tellement accoutumé à la patience, que je suis devenu par cette épreuve domestique comme insensible à toutes les sortes d'injures & de mauvais traitemens que je pourrois recevoir des autres.

On rapporte que ce sage Payen dès sa plus tendre jeunesse prioit tous les jours les Dieux de lui envoyer ce qu'ils sçavoient qui lui étoit le plus salutaire. Ils lui envoyerent une méchante Femme, comme étant sans contredit le bien le plus salutaire à l'homme, & la chose dont il peut tirer de plus grands avantages.

Outre tous ceux dont je vous ai parlé, tout le monde convient qu'il n'y a pas de maison où l'on soit mieux servi, où les domestiques soient plus attentifs à remplir tous leurs devoirs, où les enfans soient mieux reglez que celle où préside une méchante Femme ; chacun à l'envi faisant son possible pour ne pas émouvoir sa bile, & pour ne rien faire qui puisse la mécontenter, & irriter sa mauvaise humeur.

On sçait encore que si un pauvre homme

homme n'a point d'argent, & qu'il soit fort presé de ses creanciers, une méchante Femme lui est d'une grande ressource pour s'en débarasser, sans qu'il lui en coûte rien. Il n'a simplement qu'à leur dire de s'adresser à sa Femme, qu'elle est la maîtresse, qu'elle tient l'argent; que c'est elle en un mot qui se mêle du détail du ménage. Que des creanciers après cela l'abordent, s'ils l'osent, & aillent lui demander de l'argent, bien tôt comme une lionne à qui on voudroit enlever ses petits, on verra son poil s'herisser, son front horriblement se refroguer; & ses yeux s'allumant de fureur, on l'entendra déclamer à toute outrance sur la misere du tems, & se démener en écumant comme une posédée; & des creanciers effrayez se trouvent encore trop heureux, en se sauvant bien vîte de la présence d'une si terrible Megere, de n'en avoir pas essuyé quelques gourmades. C'est proprement d'une méchante Femme qu'on peut dire avec raison que le revenu de sa colere est capable de l'enrichir, & c'est d'une méchante Femme sans doute que tant d'hommes même fort opulens, ont appris à se mettre en colere sur les prétextes les plus vains, contre leurs amis & les principaux de leurs domeſtiques qui leur ont rendu de grands ſervices, pour ſe diſpenſer de la reconnoiſſance à l'égard des uns, & ne point être obligé de récompenſer les autres.

Voilà bien des avantages conſidérables qu'un homme trouve certainement avec une méchante Femme ; mais le plus charmant de tous, & par lequel je vais finir, c'eſt qu'elle le guérit de la jalouſie, & le délivre de la crainte d'un mal, qui pour n'être qu'imaginaire, n'en eſt pas moins ſenſible ; je veux dire, de la crainte du C...... Oüi certes, quelque diſpoſition qu'ait un homme à être jaloux, il eſt impoſſible qu'il le ſoit longtems d'une méchante Femme ; car enfin peut-on s'imaginer qu'il y ait un galand aſſez hardi pour former des liaiſons amoureuſes avec un dragon, pour s'attacher à une furie, pour entretenir commerce avec le diable, s'il m'eſt permis de le dire ? Mortels jaloux, hommes inquiets, vous tous qui craignez ſi fort d'être enrôlez dans la grande Confrairie, voulez-vous devenir tranquilles, voulez-vous n'avoir rien à craindre pour vos fronts ? épouſez, croyez-moi, de méchantes Femmes ; c'eſt le moyen le plus ſûr de les garantir de toute inſulte. Vous courrez risque à la vérité d'être souffletez de tems en tems, d'avoir quelques coups de griffe ; mais qu'est-ce que cela, je vous prie, en comparaison de la triste crainte que vous ressentiriez à tout moment avec une Femme douce & galante, qui vous changeroit lorsque vous y penseriez le moins, en bélier, en bouc, ou en cerf, comme le malheureux Acteon ?

Je n'aurois jamais fait, si je voulois rapporter ici tous les avantages qui reviennent aux hommes qui sont assez heureux d'avoir de mauvaises Femmes ; avantages que relevent encore extrêmement les inconveniens qu'il y a d'avoir une bonne Femme.

Qui dit une bonne Femme, dit d'ordinaire une bonne bête, qui croit facilement tout ce qu'on lui dit, qui donne tête baissée dans tous les pieges qu'on lui tend, qui se laisse mener comme un oison, qui neglige souvent le soin de son ménage, & l'éducation de ses enfans, qui ne sçauroit se faire obéïr de ses domestiques, qui laisse faire à son mari tout ce qu'il veut, d'où il prend droit de lui refuser les égards qui lui sont dûs, & de la traiter souvent comme une esclave. Comme il ne craint pas que cette Femme si bonne le réprimande, il est presque toujours ſans attention & ſans politeſſe; il dit & fait ſouvent en ſa préſence des choſes déſagréables, qu'il auroit infailliblement évité de dire & de faire, s'il eût eu à faire à une méchante Femme dont il eût apprehendé les cris & la mauvaiſe humeur. Il eſt certain qu'un homme avec une bonne Femme s'étudie moins à être doux, complaiſant, moderé; il ſe laiſſe aller plus librement à ſes mauvaiſes inclinations, il ſe contraint moins ſur ſes goûts bizares & ſes folles paſſions, dont une Femme trop bonne eſt la premiere à ſouffrir. Tous ces inconvéniens ne ſont aſſûrément pas à craindre avec une Femme d'un caractere opposé.

Au lieu donc de blâmer comme nous faiſons une méchante Femme, donnons-lui plûtôt les éloges qu'elle mérite, puiſqu'elle nous corrige de tant de défauts, comme je viens de vous le montrer, & qu'elle change même la plûpart de nos vices en vertus; puiſque d'un orgüeilleux elle fait un homme humble & modeſte, puiſqu'elle fait d'un avare un libéral, d'un gourmand un homme ſobre, & d'un pareſſeux un homme laborieux; puiſqu'elle nous rend ſages, doux, civils, complaiſans, moderez, retenus; puiſqu'elle nous accoutume d'une façon ſi particuliere à la patience, qu'on peut nommer à bon droit la Reine des vertus ; puisqu'elle nous porte malgré que nous en ayons, à bien régler nos familles & nos actions ; puisqu'elle nous sauve des excès qui ne pourroient être que très-préjudiciables à notre santé ; puisqu'elle nous délivre enfin de certaines craintes si communes parmi nous, & qui tourmentent si vivement la plûpart des hommes. Bien loin de plaindre la destinée de ceux qui ont des méchantes Femmes, croyons-les au contraire trop heureux, & demandons sans cesse au Ciel qu'il nous associe à leur bonheur. Defaisons-nous, s'il se peut, de tant de préjugez qui nous saisissent dès notre enfance, & nous rendent dans la suite si téméraires & si aveugles dans nos décisions. Apprenons sur tout à avoir meilleure opinion des Femmes, puisque nous voyons que même les plus méchantes nous sont utiles en tant de manieres, & qu'elles contribuent si avantageusement à notre perfection, qui est la seule chose qui soit véritablement digne de tous nos soins, & de notre principale attention.

Vers qu'on dit au commencement de ce Discours que citent communément les mauvais Plaisans contre les Femmes.

(1) On peut trouver encor quelques Femmes fidelles,
Sans doute, & dans Paris, si je sçai bien compter,
Il en est jusqu'à trois que je pourrois citer.

ᔓ

(2) Lorsqu'Adam vit cette jeune beauté
Faite pour lui d'une main immortelle,
S'il l'aima fort, elle de son côté,
Dont bien nous prit, ne fit pas la cruelle.

Cher Charleval, alors en vérité
Je croi qu'il fut une femme fidelle;
Mais comme quoi ne l'auroit-elle été?
Elle n'avoit qu'un seul homme avec elle.

Or en cela nous nous trompons tous deux;
Car bien qu'Adam fût jeune & vigoureux,
Bien fait de corps & d'esprit agréable,

(1) *Despreaux, Satyre 10.*
(2) *Sarasin.*

Eve aima mieux pour s'en faire conter,
Prêter l'oreille aux fleurettes du diable,
Que d'être femme, & ne pas coqueter.

ꟹ

(3) Vous qui pouvez tout vaincre, & n'êtes que foibleſſe,
Péché de la nature adorable à nos yeux,
Aimables ennemis, poiſons délicieux,
Tyrans dont le pouvoir nous rit quand il nous bleſſe.

Objets par qui la terre aſſujettit les Cieux,
Source de nos plaiſirs, comme de nos triſteſſes,
Dont le jaloux orgüeil a malgré les Déeſſes,
Fait gémir ſous les fers le plus puiſſant des Dieux.

Cher eſpoir de nos cœurs, idole de nos ſens,
Sexe qui bien ſouvent bravant les plus puiſſans
Par un éclat trompeur, t'en es rendu le maître;

Ecüeils contre leſquels il eſt beau de périr,
Femmes, pour une fois que vous nous faites naître,
Hélas, combien de fois nous faites-vous mourir!

ꟹ

(4) Que l'homme étoit heureux s'il n'eût point eu de Femme!

Au monde l'on n'eût vû ſupplices ni bourreaux,
L'innocence eût regné, tous nos jours ſeroient beaux,
Le corps ſans paſſion n'eût point corrompu l'ame.

Sexe qui nous brûlez d'une fatale flamme,
Adam en vous voyant vit la ſource des maux
Qui de ſes deſcendans a creusé les tombeaux,
Du morceau qu'il mangea vous méritez le blâme.

C'eſt pour vous avoir cru qu'il s'attira la mort,
Sans vous notre ennemi n'eût fait qu'un vain effort,
Il doit à votre orgüeil ſa premiere conquête.

Vous conſpirez encor tous les jours contre nous;
Quand vous l'entreprenez, quand vous l'avez en tête,
L'enfer n'a pas beſoin d'autres démons que vous.

(5) Cet illuſtre Souffrant que donne l'Ecriture
Pour exemple à tous ceux qui ſouffrent aujourd'hui,
Après avoir d'un Grand fait la noble figure,
Se voit ſur un fumier ſans ſecours, ſans appui.

Dès qu'il eſt malheureux, de chacun il eſt fuï,
Ses amis, ſes parens par un lâche murmure
Ajoutent le mépris aux peines qu'il endure,
Sa conſtante vertu reſte ſeule avec lui.

Le

Le démon contre Job arme toute sa rage,
Ses maisons, ses troupeaux sont tous mis au pillage;
Dans ses biens, dans son sang il se voit outragé:

Des caprices du sort on l'accuse, on le blâme:
Mais le plus grand des maux dont il fut affligé,
Fut celui d'être époux d'une mauvaise Femme.

(6) L'œil du basilic est funeste,
Le tigre a de la cruauté,
Et la dent de l'ours irrité
Est plus à craindre que la peste.

On les évite, on les déteste,
Et notre cœur est enchanté
De la Femme dont la beauté
Fait plus de maux que tout le reste.

Pourquoi tirer à notre dam,
Grand Dieu, de la côte d'Adam
Ce mal si doux, si nécessaire?

Que vous fûtes son ennemi!
Et vous auroit-il laissé faire,
Si vous ne l'eussiez endormi?

(6) *De Palaprat.*

(7) Ami, je vois beaucoup de bien
Dans le parti qu'on me propose ;
Mais toutefois ne pressons rien ;
Prendre Femme est étrange chose ;
Il y faut penser mûrement :
Force gens en qui je me fie
M'ont dit que c'est fait prudemment
Que d'y penser toute sa vie.

(8) Toute Femme est importune & nuisante ;
Et seulement en deux tems est plaisante ;
Le premier est de ses nôces la nuit,
Et le second quand on l'ensevelit.

Moliere a dit en parlant des Femmes.

(9) La meilleure est toujours en malice feconde ;
C'est un Sexe engendré pour damner tout le monde,
J'y renonce à jamais à ce Sexe trompeur,
Et je le donne tout au diable de bon cœur.

(8) *Maucroix.*
(9) *Saint-Gelais, Poëte qui vivoit il y a plus de deux cens ans.*

Epitaphe d'une bonne Femme.

Ci gist, & chacun s'en étonne,
Une Femme qui fut fort bonne ;
On fit pour la sauver cent efforts superflus.
Son époux a raison d'en être inconsolable,
Cette perte est irréparable,
A present on n'en trouve plus.

Sonnet de Passerat qui vivoit il y a cent cinquante ans.

La Femme & le Procès sont deux choses semblables ;
L'une parle toujours, l'autre n'est sans propos ;
L'une aime à tracasser, l'autre hait le repos ;
Tous deux sont déguisez, tous deux impitoyables.

Tous deux par beaux presens se rendent favorables ;
Tous deux les supplians rongent jusques à l'os ;
L'une est un profond goufre, & l'autre est un chaos
Où s'embroüille l'esprit des hommes miserables ;

Tous deux sans rien donner prennent à toutes mains ;
Tous deux en peu de tems ruïnent les humains ;
L'une attise le feu, l'autre allume les flammes ;

L'une aime le debat, & l'autre les discords.
Si Dieu doncques vouloit faire de beaux accords,
Il faudroit qu'aux Procès il mariât les Femmes.

FIN.

APPROBATION.

JE soussigné, Maître ès Arts en l'Université de Paris, ai lû par ordre de M. le Lieutenant Général de Police, un Manuscrit qui a pour titre : *La méchante Femme* ; dont on peut permettre l'impression. A Paris, ce 23. Mars 1728.

PASSART.

PERMISSION.

VEu l'Approbation. Permis d'imprimer & distribuer. Le 23. Mars 1728.

HERAULT.

Registré sur le Livre de la Communauté des Libraires & Imprimeurs de Paris, N° 1685. conformément aux Reglemens, & notamment à l'Arrêt de la Cour du Parlement du 3. Decembre 1705. A Paris, le deuxiéme Avril mil sept cens vingt-huit.

BRUNET.

www.ingramcontent.com/pod-product-compliance
Lightning Source LLC
LaVergne TN
LVHW012103170726
843501LV00008BB/2747

* 9 7 8 2 3 2 9 6 3 5 3 7 8 *